句集

花はこべ

大島英昭

ウエップ

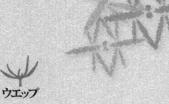

句集　花はこべ／目次

句集

花はこべ

はなはこべ

装丁・近野裕一

Ⅰ　夏薊

平成二十年

〔三十二句〕

名刹をうち懐に冬の山

猫やなぎ媼に話しかけらるる

干しものの捩れしままに春ならひ

奄美大島　二句

海風を窓より入れて春暖炉

天麩羅に石蓴奄美の宿の飯

水温む木立と空を映しては

春雨のいつしか音を立つるほど

アンテナに鴉の止まる薄暑かな

藁葺きの屋根の高みを夏の蝶

萍の版図のあをき夕日影

河口湖

雲ひかる富士のふもとの夏薊

夏蝶の踏み分け径を這ふやうに

牛蛙日照雨止みしをころあひに
ゐのころの没り日の中に透きとほる

雨の夜の明けて弟切草《おとぎりそう》の花

秋暑し夢に浜辺を走りゐる

佃島の盆踊り　二句

浴衣の児入れて佃のをどりの輪

海にほふ佃の街のをどり歌

足音で負蝗虫《おんぶばった》をよろめかす
草むらの上に積み砂利ちちろ鳴く

墓参りして界隈をひと巡り

日光鍛練会　二句

雨後の水溜めて穭田明けにけり

野沢　三句

黄落の出で湯に鱒の養魚場

大楠の下の箒目雁わたし

閻魔堂前にできたる踊りの輪

こほろぎや祭の列の来ざる道

よろづ屋に日影あまねし黄菊咲く

電話鳴る音小春日の田を越えて

国立博物館

暖房の中ガンダーラ仏在《い》ます

小川町

簀をかへすときの滴《しずく》や紙漉女

菰巻きのほぐれかけたる麻の紐
根深葱掘られし跡も陽の中に

Ⅱ 寺巡り

平成二十一年

〔五十四句〕

坂東三十三観音霊場巡り

冬晴れを四方に比企行く寺巡り

裸木を水かげろふの這ひにけり

観音霊場・白岩長谷寺

観音を訪ふ上州の寒晴れに

清里 二句

残雪を踏むは愉しと見晴らしへ

餌台に鶯来る山のレストラン

東御苑

根方には雀来てゐる松の芯

春泥をたどりて浅き流れまで

梅まつり似顔絵かきのうち揃ひ

百千鳥鎮守に隣る集会所

菜園で道はをはれり花なづな

白蓮や転勤花と呼びゐしが

花散るや湖の向かうに上り坂

浮雲は家鴨の形豆の花

水音のなか杉菜接ぐ遊びなど

白牡丹庭のもじやもじやするあたり

観音霊場・筑波山神社

墨匂ふ納経帖や若葉風

大内宿

大杉の下に卵塔野路すみれ

磐越西線

磐梯《ばんだい》山は右の車窓へ桐の花

佐久二句

はつ夏のひかり信濃の水に差し

虚子庵の庭に風湧く柿若葉

前山寺

半身に日のあたりたる白牡丹

安曇野大王わさび農場

柳絮飛びきては水車に吸はれけり

夏の陽に沼もろともに曝さるる

富士見ゆる道のわかれめ時鳥

日暮れてもなほ釣り人の夏帽子

チェーンソーの煙のにほひ梅雨に入る

薪小屋を犇《ひし》と十薬囲みけり

涼風の吹きだすころを川に沿ひ

篠の子に蔓の絡んであまりけり

ゴム毬に臍といふもの草いきれ

夏萩の揺れて降り出しさうな空

築山に登る路あり蟬しぐれ

工場より鉄打つひびきあをぶだう

金色の鯉浮かみくる残暑かな

庭石を昼のこほろぎ過ぎりけり

観音霊場・杉本寺　二句

茅葺に観音おはす残暑かな

松が枝にかげ濃きところ秋暑し

水音を遠くきちきち飛蝗かな

野茨の実のあからみてゆくところ
くねりたるままに轢かれて秋の蛇

穭田に鴉降り立つところかな

偕楽園

萩を描く人日向にも日蔭にも

妻入院　二句

秋の日の三途の川を見て来しと

病院に背骨の略図秋黴雨

田をわたる昼のサイレン小六月

磴に積む落葉を踏んで祠まで

浅草寺

朱印所としるべありけり冬の雨

小流れの向かうに稲荷雪もよひ

冬温し石の小橋に土の塊《くれ》

北風の耳打つ伝法院角に

暮れゆくを窓に見てゐる冬至かな

只今と母のこゑする雪もよひ

薬剤師たちの小声や年の暮

浅草に東京ブギウギ冬日和

Ⅲ　天神通り

平成二十二年

〔五十二句〕

跳び箱の砂場に置かれ寒の入

冬雲をぽんぽんと産む山の際

春近し光の画家といふ気分

畑中に天神通り梅かをる

春の野と野を行く人を高みより

饂飩屋に梅見て来たるひとばかり

敷石の窪みは春の雨溜めて
ときをりは萱草の芽を踏むことも

ごみ捨つるべからずここに犬ふぐり

春昼を刻む屋外大時計

まづ見ゆる桜まつりのアドバルーン
花屑の地に張り付くも流るるも

すかんぽを嚙みては白き雲の下

残花散る団子坂上あたりかな

畑中にあたらしき道ほろろ打つ

切岸の下に狐の牡丹かな

木洩れ日か水かげろふか山つつじ

竹林の日の斑動かぬ薄暑かな

サイレンの若葉の昼をはるかより

入院　五句

新緑に染まる荒れ庭入院す

腹切りの朝などとしやれ若葉風

朝涼や腹に食欲らしきもの

院内に寝まきで過す衣更へ

タクシーを降りて一樹の椎若葉

雲湧いて午後の青葉となりにけり

田植機に苗積みしまま昼休み

植ゑたてのさ苗あやふし風渡る
落ち梅のおのづと溜まる草のうへ

切岸に日差ひとすぢ羊歯あを葉

登りゆく坂は草刈るにほひかな

外灯に浮かぶ砂場やパリー祭

車前草を踏んで道なき下りかな

あめんぼの水輪に雨の降りにけり

お台場

街路樹に鳴くみんみんを撮りにけり

木陰から鳩の飛び立つ大暑かな

遠雷のひっきりなしの夜を帰る

向拝に雨宿りする夏の果て

上州の方に稲妻生まれたる

丘あれば丘の形に曼殊沙華

新藁の捨て置かれゐるにほひかな

ぽつちやりとした蟋蟀を摑みけり

山上は露結びたる日の出かな

花らしきまでつけてゐる穭の穂
草の穂を踏んで道なきところまで

小流れの底は赤土水澄めり

浚渫のあとの濁りや泡立ち草

さきたま古墳公園

円墳のいただき桜紅葉かな

キャタピラの跡のギザギザ小六月

冬耕の人のラジオの時報かな

庭先に物干し竿と水仙と

焚火する人に郵便届きけり

数へ日の薬を貰ふ人の列

Ⅳ　転轍機

平成二十三年

〔六十二句〕

常盤木に元日の風鳴りにけり

にぎはひの少し二日の神まうで

湧き出でし雲雪山のひとつとも

寒鯉や水かげろふを顔に受け

空映すひとすぢとなり寒の川

寒晴の小寺賑はふ葬儀の日

雑司ヶ谷

抱月の墓は大岩龍の玉

末黒より山鳩のとび翔ちにけり

切株に座してひと時きらんさう

裏庭に届く日差しや花はこべ

山鳩のこゑすることも水ぬるむ

自転車は漕ぐといふなり花辛夷

あわ雪の榠樝の肌をぬらすほど

飛びいしを石ぼとけまで花椿

鳩小屋に鳩の気配や黄水仙

径消えてより一面の犬ふぐり

御手洗の龍よりしづく春うらら

ふらここの影を落してゐる砂場

蒲公英の絮ひとつ飛ぶ速さかな

草芳しだらだら坂をだらだらと

零れくるボール蹴りたし夏はじめ
たちまちに羊蹄の野となりにけり

降りさうで降らぬままなりクレマチス

時鳥さ庭に荒き箒の目

山門へ青葉の道となりにけり

歩きても座しても薔薇のかをりかな

えごの花散り敷く沼のささ濁り

東御苑

名園の小さきものに白丁花

深川

から舟の差し潮分けてゆく薄暑

夏蝶の土嚢積まれしその上に

炎天に鍔広帽の裸婦の像

灼け石のひとつ車輪に弾かるる

蟬穴をほじりたる跡暮れなづむ

昼顔やケアハウスより人のこゑ

鯉の背の暮れてゆくなり夏の萩

きしきしとたうもろこしを採りにけり

はつ秋を首振りたてて番ひ矮鶏

千住

百日紅耀の終はりし魚市場

小窓まで風船かづら這はせたる
湯沸かしの音聞こえ出す今朝の秋

秋蝶のひつきりなしに来る畑

六義園

一羽きて二羽くる秋の燕かな

露けしや道の真中に鳥の羽

木洩れ日はしらしら眩し捨子花

土手上に昼の日差しや草の花

台風の空に来てゐる甲斐の駅

遠くから児のこゑのする彼岸花

庭隅に砂蹴る矮鶏や蕎麦の花

稲の香や下校する児とすれ違ふ

骨接ぎの角に継子の尻拭ひ

穭田を這ふひとすぢの煙かな

ヒメムカシヨモギ末枯れ転轍機

舞台より迷子の知らせ菊かをる

駅までをかつ散る桜もみぢかな

黄落や身を反らせゐる婦人像

綿虫を掌に這はせゐて摑まざる

浜離宮

水面まで石蕗咲く坂となりにけり

清澄庭園

水鳥や飛行機雲の出来やすく

店員の道掃いてゐる霜の朝

石仏の腕に日あたる実万両

数へ日の油のにほふ鉄工所

冬草の光るを土手に踏みにけり

V

嘴広鸛

平成二十四年

〔六十二句〕

鳴きかはす鴉一族池こほる

判子屋に隣る予備校雪だるま

うち伏して水漬く枯れ蘆遠筑波
水辺までなぞへにうすき昨夜の雪

凍つる日のバナナの皮を剥きにけり

枯れ果てし後の明るさ雑木山

本殿の屋根に枝影春ならひ

春めくや路地に連なる水溜り

徳島　三句

海かすむ管制塔や阿波に入る

春の海大船小舟すれちがふ

春雨や家鴨水脈引く舟溜り

徳島美馬

春キャベツわし摑みして通りけり

道元の像に雨降る彼岸寺

上野動物園

春愁といへば嘴広鸛《はしびろこう》こそは

トラックに潰さるる夢百千鳥

病院に郵便ポスト鳥曇り

もじやもじやの中より蓬芽吹きけり

暖かや足で胸掻くきつね猿

とびとびの雀がくれとなりゐたる
切株の鑄割れてゐる日永かな

御籤引く音のからころ初桜

降りさうな空より燕来たりけり

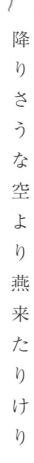

小社の裏に手筈樫の花

竹林は蔭を濃くせり鯉のぼり

鶏舎より鶏のざわめき立葵

大椎の茂りや鳩のこゑとほく

梅雨入りや埃溜めたる仁王像

クレマチス市営循環バス止まる

鳥居より天神どほり梅雨深し

操業の音梅雨晴れの鉄工所

さざ波にかげのありけり半夏生草

御手洗に柄杓の並ぶ夏祓

荒梅雨や海石《いくり》に海鵜動かざる

宵宮の舞台ほどよき風を受け

反り橋の反りのけはしき手毬花

信号の下に山車きて灯さるる

雪渓に浮き雲のかげ落ちにけり

人波の上は夕焼け千切れ雲

狐目のひとと出遭へり草の花

象屠るはなしに泣いて敗戦日

魂となり瓜馬の背にをられ

白蝶の地に止まりけり魂まつり

四阿に埃うすうすうす秋のころ

登りゆく膝打つ水引草の花

鹿威し打つを待ちゐる薄紅葉

千葉寺

手をときに休め休めの落葉掻き

新蕎麦の笊一枚を昼餉とし

総武本線　二句

ヒメムカシヨモギ鴉は地をつつき

草原に自転車置き場鴫のこゑ

新藁のにほふ日暮となりにけり

初めての道となりけり赤のまま

御殿場　二句

野ぶだうの路傍に熟るる妻の里

土地の名は二枚橋なり石蕗の花

骨接ぎは坂の途中に冬もみぢ

上野動物園　二句

紅葉散る駝鳥の檻のあるあたり

散りもみぢ犀の額の縦の皺

みな底に冬の水湧き藻を揺らし

猫のゐる埴輪窯跡枯木立

巣鴨

短日の大学芋のひかりかな

枯蓮かれこれ二時になりにけり

冬の日や鶏舎に雄と雌の矮鶏
枯菊の刈らるることもなきままに

Ⅵ 冬満月

平成二十五年

〔七十句〕

菜畑に元日の日のあたりけり

をさな児の鯉を見てゐる四日かな

界隈のにぎはひ鉢の冬珊瑚

底冷えの老舗に和菓子買ひにけり

春近しショパンを流すカーラジオ

雲間よりジェット機春は立ちにけり

春浅き五十五貫の力石

富岡不動

土の香のなづな咲きゐるあたりより

土手上へ末黒ギシギシのぼりけり

末黒野の径まつすぐに残りたる

仲見世の人形焼き屋冴え返る

菜花置く無人売り場をとほりけり

野を翔てるときより見えて初雲雀

鎌倉

切岸に木五倍子のたるる寺まうで

八つ橋の真中に水を見る日永

うぐひすのこゑ聞きしより九十九折

千住

恋猫やしづまり返る魚市場

授産所にサッカーゴール春うらら

桜散るをさなの砂の家のうへ

館山

頰に吹く安房の潮風川原鶸

観音霊場・那古寺

高みより川原鶸鳴く結願寺

夕五時のオホサカヅキといふつつじ

石蹴つて下校する児や夏来たる

「焼きたてのパン」と幟の揺れて夏

羊蹄や柵に上着の捨ておかれ

駅出でしよりはつ夏の四日月

著莪咲いて山の稲荷にワンカップ

じゃが芋の花ひとつ咲きふたつ咲き

木道に昼の日差して行行子

十薬やここよりのぼり坂となる

坂道に子供神輿とすれ違ふ

よき風の中にアスパラガスの花

参道は野中の小径麦の秋

靴紐のほどけかけたる草いきれ

市役所の裏は図書館時鳥

紫陽花の咲き代々の骨接ぎ医

黒雲と役場の映る植田かな

梅雨晴れの木橋に松の枝の蔭

まくなぎや山の祠に山の神

絵団扇に猫の目したる女の子

夕空に雲を残して梅雨明くる
居眠りの団扇揺らしてゐるつもり

玉砂利に粗き箒目戻り梅雨

秩父、ホテルルートイン

旅の夜の夕餉のグラスビールかな

ひまはりにヘッドライトの届きけり

秩父観音霊場・常楽寺

虎尾草の墓所にも墓所のはづれにも

涼しとも蒸し暑しとも四十雀

秩父観音霊場・定林寺

梔子や観音堂の鐘を撞く

秩父観音霊場・音楽寺

炎天の磴にひしやげて妻の影

草取りは裸婦像下に休みゐる

番犬の寝そべつてゐるプチトマト

桜木につくつく法師すきとほる

Ｄ５１の展示されゐる蟬しぐれ

マチネーの跳ねてすぢ雲いわし雲

秋来たる資材置き場の仮事務所

学校の裏門に猫じやらしかな

金網の内にプレハブ猫じやらし
草の香を登り下りの道すがら

穭田にポンプ一基が錆びてゐる

陽のあたる径の湿りや赤のまま

草揺るる飛蝗飛び込みたるあたり

十和田湖

湖に岬の見えてうろこ雲

尾根すぢは赤松林細る虫

上野公園

がまずみや実を食うてみる話など

ふかふかの末枯れ芝生との曇り
水音の聞こえて鴨のこゑのして

冬の陽を斜めに高きもぐら塚

秩父・ホテルルートイン

宿の夜の冬満月を窓にして

秩父・水潜寺

冬紅葉坂のしあげは急な磴
佇ちゐれば木の葉に埋もれゆくやうな

Ⅶ　魯文の墓

平成二十六年

〔八十六句〕

ひと鳴きで鵯の飛び去る寒の入り

寒中の仮名垣魯文眠る墓

参道に寒のひと日の暮れにけり

積み砂利に道は終はれり枯れ葎

葱畑にシャベル真つすぐ立つてゐる

門口に幣挿してある寒雀

うどん屋に橋上駅に春の雪

もう見えぬほどの暗さに春の鴨

自転車の轍にかかる春の雪

小田原　五句

春の鴨お濠にかかる朱塗り橋

草萌ゆる城の石垣崩えたるに
小田原に安吾もゐたり梅の花

墓石のどれもがひかり藪椿

潮の香の漂ふ何もかも朧

江の島

磯で喰ふチキンライスや暮の春

駒がへる草もぐら塚もぐら塚

改札を出て空あふぐ日永かな

牛小屋の跡のあか土はつ雲雀

見沼通船堀

芽やなぎや列車の通る音がする
晴れながらかすむ花屋の角あたり

あを麦の中に鉄塔聳え立ち
菜の花の化したる蝶の低く低く

サッカーの試合は続く夕ざくら

側溝の底より暮るる八重ざくら

花疲れヱビス麦酒のある蕎麦屋

菖蒲湯にとどくラジオの時報かな

バス停のベンチにふたりゐる薄暑

暮れどきの茅花ながしを川沿ひに

奄美大島

島唄を聞いてハイビスカスを見て

小海線

いつ時の雨のち窓の若葉かな

懐古園

向拝の鈴の凸凹四十雀

六義園

沢瀉や亀の犬掻き速からず

山門を涼しき風とくぐりゆき
木いちごの光るつぶつぶ川の音

四阿に昼寝の人のゐて真昼

黒南風や道にうごめくレジ袋

ゆく道の木下闇へとちぢこまる

測量のひとと坂にゐて梅雨晴間

荒梅雨の午後の薄日となりにけり

花ざくろ敷石ぬるるほどの雨

水遣りのあと新しき茄子畑

花合歓の地にたたひらかに轢かれをり

横浜

夏草の中におかれてゐるベンチ

用水の幅は六尺からす麦

リサイクルショップ閑散油照り

牛蛙鳴く道を行き帰りけり

やいと花ひっきりなしに雲湧いて
Tシャツの庭に干されてプチトマト

さう言へば去年もここに花カンナ

踏切の遮断機降りてくる暑さ

バス降りし人の散りゆく夕焼空

声明の途切れ途切れに黒揚羽

古井戸を覆ふ金網韮の花

砂利道の草はまばらに大西日

り

街灯におしろい花の真つ黄色

雲ごとに没日のなごり秋暑し

胡麻刈りの肩にひとたば運び来る

平林寺

かうもりをステッキかはり涼あらた

白馬村　二句

秋冷のきたる朝の厨かな

鍬使ふ人の背にゐる蝗かな

奄美大島

彼岸花島に寅さん撮影地

天高し火の見櫓の避雷針

綿雲のばかにまつ白稲すずめ

列車来る白コスモスは咲きはじめ

水際まで四五段下り赤のまま

畑道にたうとう降られ花薄荷

穭田のキャタピラ跡の水溜まり

鵙のこゑきれぎれ日差ななめより

冬瓜の転がり野とも畑とも

山姥の寝てゐるかたち秋の雲

さはやかや漫画のやうな犬の顔

荊棘線に山芋の葉の黄葉かな

きのこ付き輪切り丸太を椅子がはり

菊まつり会場饂飩屋が人気

辞書の字にルーペを使ふ夜寒かな

草の絮吹いて鉄道線路沿ひ

暮早き日を遠出して海を見て

なにやらにぶら下がりたる楢落葉

赤松の丸太のにほふ小六月

マフラーをゆるゆるにして上野まで

山茶花や灯台錐の先ほどに

葱畑の深き畝間に日があたる

立ち枯れの泡立ち草に富士はるか

裸木はなんじやもんじやと思ひ出す

三日月を西に夜となるからつ風

大年の駅舎を登る昇降機

あとがき

「やぶれ傘」に加えていただき、大崎紀夫主宰に師事してからわずか五年で、第一句集を上梓した。七年前のことである。これが六十男の「若気の至り」であったとすれば、今回の第二句集もまた、七十男の「若気の至り」ということになるかも知れない。

第一句集のころと同様、今でも歩き回っては句を作っている。ただ当時に比べて、スピードは目に見えて落ちた。それでも、ほとんどの句が外にいるときに出来るのだから、私には歩きまわるしか手がない。

「やぶれ傘」での十一年間に数えきれないほどの句会に参加させていただいた。その中で教わってきたことは、「月並」でない句とは何か、「俗に陥らない」とはどういうことなのかという一事に収斂するのではないかと思う。そしてそれは、「自然を淡々と詠む」という姿勢を学ぶことでもあった。そういうつもりではいたけれど、結果的にそういう句ばかりができたと胸を張るわけにもいかないようだ。

主観に陥ることを避けたつもりだが、この句集に我が境涯にかかわる出来事を材料とした句が皆無だというわけでもない。そういう句では、いわゆる「短歌的叙情」に心を攫われることのないよう心がけたつもりではある。

平成二十年から「坂東三十三観音霊場巡り」を企てた。個人的吟行地を安定的に確保しようという不純な動機からであった。当初は数カ月で回りきれると思っていたのだが、事情が重なり、結願したときには平成二十五年になっていた。本書に寺の句が時々混じるのはそのためである。二十五年の夏からは秩父霊場巡りを志したが、これは三回ほどの秩父行で、年内にあっさりと終了した。

本句集発刊に際しましては、大崎紀夫主宰は無論のこと、ウエップ編集室の皆さまには大変お世話になりました。また日ごろ一方ならぬご指導をいただいている、丑久保編集長をはじめとする「やぶれ傘」のすべての皆さまにも、心からの感謝の意を表したいと思います。

平成二十七年四月

大島英昭

著者略歴

大島英昭（おおしま・ひであき）

1942年（昭和17年）東京都立川市に生まれる
1945年（昭和20年）埼玉県に転居、以降同県に在住
2004年（平成16年）「やぶれ傘」入会　大崎紀夫氏に師事　現在同人

日本俳人クラブ・俳人協会会員

句集に『ゐのこづち』（平成20年）

現住所＝〒364-0002　埼玉県北本市宮内１－132
メールアドレス＝usagi-oshima@tcat.ne.jp
ブログアドレス＝http://kakko-kakko.cocolog-nifty.com/blog/

句集　花はこべ
2015年5月30日　第1刷発行
著　者　大島英昭
発行者　池田友之
発行所　株式会社ウエップ
〒160-0022　東京都新宿区新宿1-24-1-909
電話　03-5368-1870　郵便振替　00140-7-544128
印　刷　モリモト印刷株式会社

※定価はカバーに表示してあります　　ISBN978-4-904800-27-0